É MENINA!

É MENINA!

Hilvânia
de Carvalho

In Media Res

- poesia -
2019

Capa e projeto gráfico: In Media Res Editora
Ilustração da capa: Delcio Samora ("A mulher nua" óleo sobre tela)
Foto da capa: Vilma Viana
Diagramação: In Media Res Editora
Revisão: In Media Res Editora

Dados Internacionais de Catalogação na Publicação (CIP)

C624m
Carvalho, Hilvânia de
É menina! / Hilvânia Maria de Carvalho - 1ª edição – 2ª impressão -Nova Friburgo - RJ:
In Media Res, 2019
85 p.
ISBN: 978-85-94016-10-2

1. Poesia brasileira I. Título

CDU 821.1
CDD: 869.91

Educatoris Instituto de Educação Multidisciplinar Ltda
Rua Abdo Abi-Ramia, 81
28630-090 - Nova Friburgo – RJ
www.inmediares.com.br

ÀS MENINAS

Maria José
mãe, amou único homem sem fraquejar.

Hiltânia Maria
filha, ferro, amor, razão, minha irmã.

Hílkia Maria
filha, ferro, razão, chão, minha irmã.

VERSOS DE HILVÂNIA, POETA MULHER.

Dizia um dos maiores e melhores teóricos da literatura e professor do século XX, Northrop Frye, que poetas não criam poemas. Estes é que, latentes na linguagem, encontram quem os exprima.

Assim acontece com estes versos de Hilvânia de Carvalho. Poemas, antes dispersos, por temas e estilos, a encontraram. E ela deu-lhes forma madura e consistente.

A forma de uma viagem pelos reinos variados das palavras. E uma forma própria de voz poética de mulher. Com madura sobriedade e encantos de uma primeira descoberta da poesia.

É uma poética inicial, de iniciação. Uma trajetória de descoberta, de promessa de um caminho que vai longe. Mais versos virão, esperemos. A promessa é boa, e já vale por si.

Quem se aventurar por esta porta entreaberta não vai se arrepender. Ao contrário, vai crescer. Acrescer-se com o mundo de Hilvânia.

Neste mundo agora descerrado, pelo visto há muito amadurecido, há quatro estágios, por assim dizer, ou estações.

Seriam estações do ano? Pode ser. Quatro estações pautadas neste Brasil que muitos confundem como binário, entre chuvas e secas, calores e ventanias, bem e mal, mas que misteriosamente sobrevive a estas dicotomias e se revela, como a poesia de HIlvânia, múltiplo, multifacetado, complexo, aberto a todas as liberdades de gênero, sexo, fecundidades à espreita, indômito, paisagem solta para as aventuras da liberdade, da criação. Muitos querem tolher esta liberdade. Mas há também quem queira aprofundá-la, aprofundar-se nela. É o caso de Hilvânia e de sua poesia, consciente dos limites: "Hoje ainda não é dia de mulher", verso que explode a certa altura. Mas explode como o grito do famoso quadro de Munch, aqui citado: mudo, mas eloquente diante das injustiças. Quais? Todas elas, investidas em preconceitos, em abusos, em medos, em ressentimentos. Mas, aqui, reina a palavra da poeta, em liberdade.

A primeira estação é primaveril. Curiosamente, eu a denominaria de "Penélope". Tempo de promessas e de espera. Verso curto, nervoso, ágil.

Pula daqui para ali, mas em tudo costura o seu ficar. A sua finca no tempo da espera e do futuro.

A segunda estação é cheia de verões. O verso se amplia, ganha fôlego, encara os espaços e a solidão diante deles. Há algo até mesmo de épico nele. A palavra se distende, como em busca de algo que está adiante, mais além do horizonte.

A terceira estação é outonal. Encara a vida "como ela é": passagem, passageira, espaço onírico, de grito, sonho e desilusão. E retorna ao verso curto, laminar, cortante.

Por fim, vem o tempo do inverno, da palavra solta no espaço da página, como folhas que caem, mas onde paira o desejo de volta e a pulsação do experimento, em versos nervosos, breves e curtos, como em haikais ou haikus. As palavras vão se desfazendo, mas nisto, que por vezes parece desagregação, se vislumbra o eterno retorno da viagem que liberta.

Atravessando a garoa confusa do tempo voraz, cônscia da pobreza exangue a que muitas mulheres são condenadas, como a Macabea que cita nesta excomunhão dentro do mundo patrício e patriarcal, a poeta vai, pés de Abaporu, também citado, com a coragem de ver-se nas palavras que encontrou, ou que a encontraram.

Liberdade, quae sera tamen.

Flavio Aguiar

Flavio Aguiar é escritor, jornalista, professor aposentado de Literatura Brasileira da Faculdade de Filosofia, Letras e Ciências Humanas da Universidade de São Paulo.

Quando ele me disse
ô linda,
pareces uma rainha,
fui ao cúmice do ápice
mas segurei meu desmaio.
aos sessenta anos de idade,
vinte de casta viuvez,
quero estar bem acordada,
caso ele fale outra vez
Adélia Prado
(*Poesia reunida*, Neurolinguistica)

PARTE I

ESCREVER

POETA

TEAR

BILHETE

ETERNIDADE

A TEMPO
REVOLUÇÃO
MUTANTE
ARTE OFÍCIO
AMPULHETA

ESCREVER

Escrever
é pinçar fino riscos de riso intruso
sobre lágrimas do abuso

Colher nos rabiscos os arabescos
das reticências

Resmungar em entrelinhas
as ofensinhas do desalinho do amor

Prescrever à tinta óbvios ópios:
não está só quando se está só

Escrever
é cerzir sintomas em papel couchê

Desobstruir o inenarrável,
estampar narrativas em caixa alta

Dedilhar teares com palavras de espera
bordando incontida o que nos contêm

Escrever
é adiar eloquente o enlouquecer

POETA

é menina
a canoa de ferro
do poema do poeta Proença

é poema
canoa de ferro
menina

é poema
canoa de ferro
sobre a lâmina do mar

é poema
canoa de ferro
não naufragar

ao retornar a canoa menina
de naufrágios anunciados,
pousa pousos intermitentes

à procura de tais braços
que se lancem,
e também a abarquem

venham sob lua nova ou cheia
sejam braços de heróis ou aventureiros
de vila de pescador ou de pedreiro.

Naufrágio ou ferrugem?
Casco que não há de secar, ferro
que se lança ao mar.

é menina
que se esboça canoa de ferro poema
para o peso plumar,

é poeta
a menina ferro que singra improvável
marés fervuras

e em cada praia fantasia
estocar abraços,
recompensas sem fim.

Menção ao Poema "Tanto Peso" do livro Visão do térreo, Editora 34, Ruy Proença, 2007, São Paulo.

TEAR

Que medo de que ele não venha
teço cantos de espera
enovelo versos de algodão

Em vindo,
vento nas pálpebras soprarei
sítios discretos arrepiarão

Prometeu o sol à lua
disse mês hora e dia
falou d'gente namorar,

noites têm trilhos incertos
insegura bifurcação
que tormento não demore...

E se ele não vier?
Mas ele virá.
E se ele não vier?

Mas ele virá
e eu tecerei cantos com ele.

E pousarei ao lado do meu
o seu errante tear.

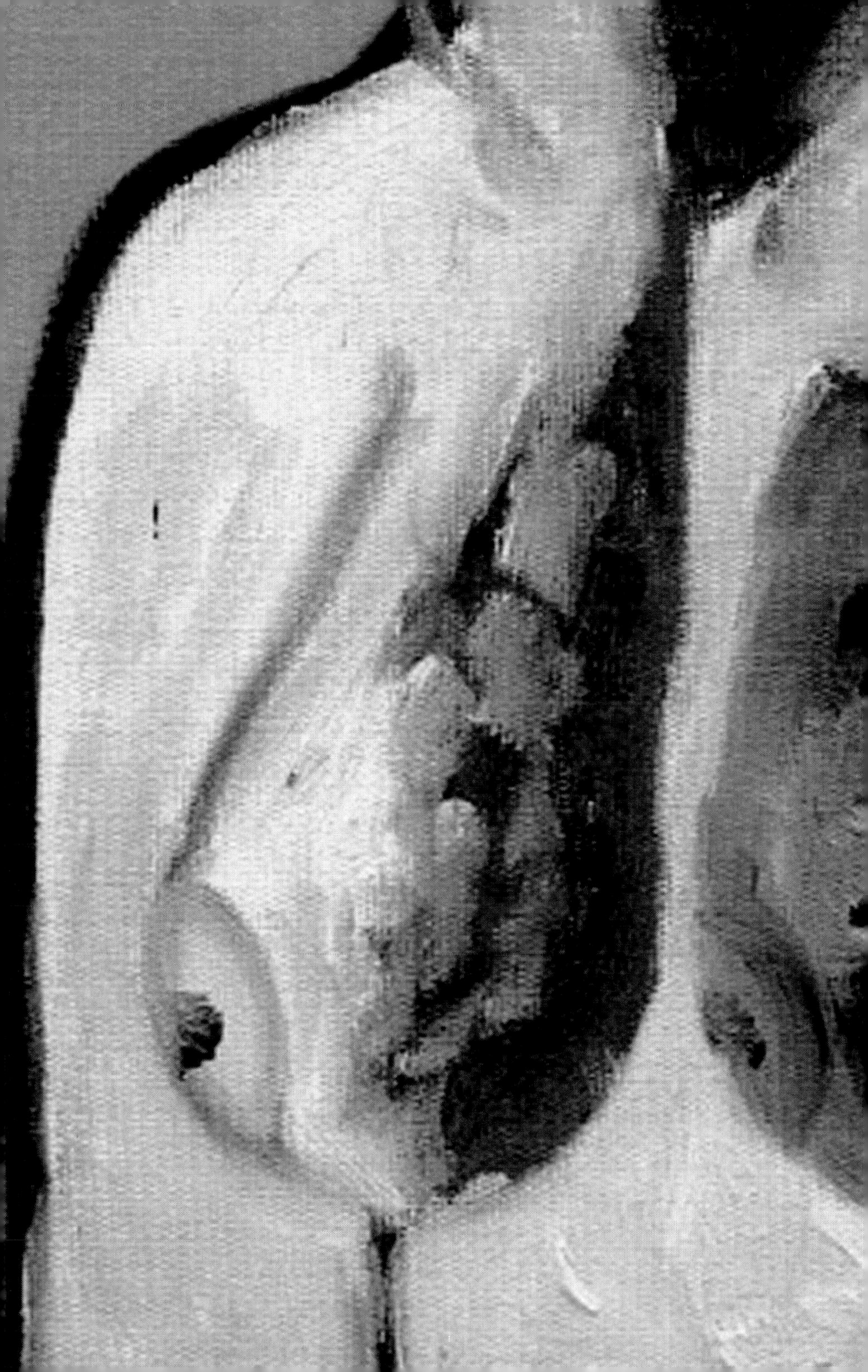

BILHETE

Escrevo para lhe dizer
que o beijo não foi aquele beijo
mas tá bom, fazer o quê?

Já eram quatro da manhã,
festas se recolhiam
meus cílios em sua face

desarranjo beija não beija,
invadindo-lhe eu em desalinho
sua virgindade

e aos cinquenta e nove anos
estreia você na arte da delicadeza:
- Nunca foi com tal ternura, me disse.

Então foi bom!

O beijo de língua ficou para depois
se antes,
antes desse desajeitar de coração

batendo acelerado,
sem se saber onde colocar e esconder pau mãos e boca
pernas que tremem e tiram as forças

se viesse antes
seria um beijo inesquecível
e só

Escrevo para lhe dizer:
o beijo não foi tão bom
mas posto que não foi só beijo

foi o melhor
beijo do mundo e
Tá bom!

Encontro você
no fim da tarde
Na Praça do Pôr do sol

Assinado: Florença

ETERNIDADE

Quando eu estiver fraquinha
fraquinha para morrer
misturem na injeção com soro sementes de girassol

semeiem nas
entranhas
flores e ipês

Sob a terra
cochicharei pelos caules, assobiarei,
ventos ecoarão

minha voz
em corredores de ouvidos amigos
quando eles passearem pelas ruas que lembramos

o vento ventará minha voz
"Sempre-viva, Sempre-viva, Sempre-viva..."
Se em Vida tive Vida Junto com minha gente
como punhado de semente que vira única flor

dos ipês amarelos
suspiros
sinos de amor

(quando forem trovões, me perdoem
não ficamos bons porque morremos
nem o mundo é bom para as ovelhas)

vida
no claro do dia na escuridão
debaixo do chão

Quando eu estiver fraquinha
plantem-me
digna

Eis a eternidade.

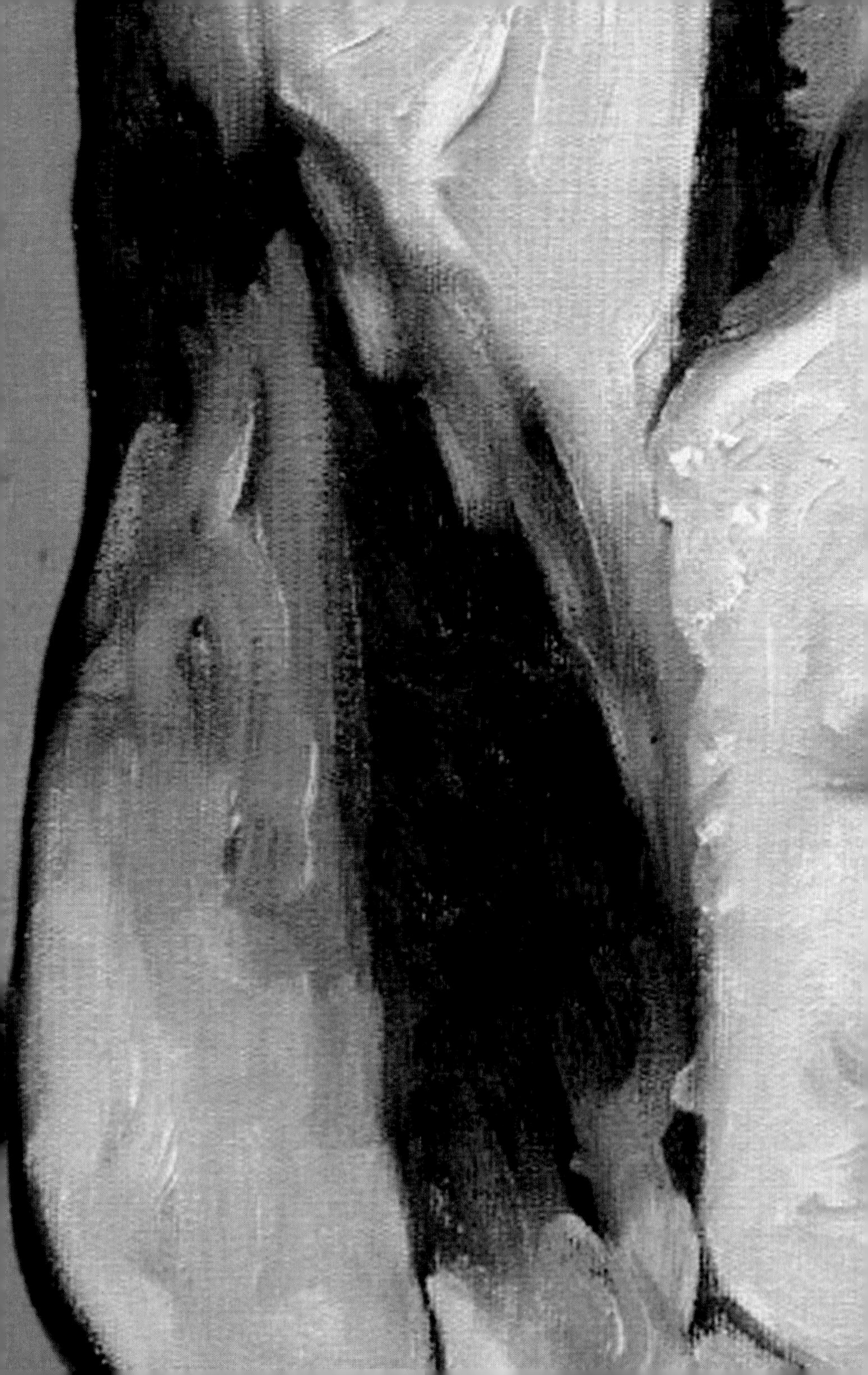

A TEMPO

Autoridades,
emplaquem no calçadão da praia
para que os passantes leiam:
É PERMITIDO ENVELHECER!

À noite, estenderei na cama
o corpo esdrúxulo de mulher de sessenta
sem meta de ser moça sempre
me basta o fardo d'alma ser de menina.

Senhoras e senhores,
os olhares de macho que
ao desfilar na areia ainda almejo
me meteriam correntes de medo
se à guerra e sangue não os remerecessem

A mulher que envelhece
mete num imbróglio a menina:
achar alma menino num corpo destroço disposto a esforços e
juntos gozarmos a
cem metros de nossos embaraços.

REVOLUÇÃO

Geleia embaixo do braço
peitos abaixo da honra
tenras unhas, cabelo de milho

atravessou rainha a soleira
alcançou pelo braço a encomenda
(belo moreno) - ordenou que calasse:

bíceps montanha em cada braço
peito ereto de perfil honroso
unhas cortadas, cabelos com cachos

desempacotou-se como o anúncio
cueca vermelha, para uso irrestrito:
pinto dedos língua e lábios

Contava entre sessenta e setenta
pincel da sombra não deslizava
batom beiço com listras avermelhadas

não cogitou, 'I'm many years old' ou
'how much money is it'
gozou como se goza de graça.

MUTANTE

O barro
que amassei, pisei
me modelou argila

sou autorretrato
de vivo cimento
mutante

estanque, mas nem tanto

Forma barrida d'alma
em artesanato perene
me fabriquei

bonita, mas nem tanto

Se as asas que tenho
voassem as cores que escondo
Ah...

embrutecida, mas nem tanto.

Inspirada numa poesia feita pelo amigo Paulo Rangel.

ARTE OFÍCIO

A Criolo

Flores de plástico
elas enfeitam a sala sob olhar prego
acadêmico

fato:
enfeites artificiais são puros
"buquês são flores mortas"

papéis celofanes
caprichados por moldes
em arco-íris cores:

carmim, amarelo e roxo,
trançam dores criativas
alinhavadas em flores;

cachos de botões pegos nos
jardins abrigam impulso
posse e morte.

Sim, existe amor em sala
com jarro de barro e girassóis de plástico
de enfeite,

"porque buquês são flores mortas"
mas no transe do corpocanto de Criolo Doido
jorros de Sempre-vivas sempre vivas.

AMPULHETA

Sóbria
brincando de vida
vida, ora a vida, corpo ou alma?
Amálgama

Insalubre
brincando de morte
morte, ora a morte, precipício ou princípio?
Ópio

Penumbra
brincando de sexo
Sexo, ora o sexo, pago ou de graça?
Brasa

Timbre
brincando de canto que tudo passa
canto, ora o canto, púlpito ou palco?
Praça

Brinque
são cacos são vidros são pés descalços
pedra ou vidraça?
Trace

No timbre
brinque na penumbra do palco
calha ópio?

Concentre amizade em drágea
se indecisa
sóbria

Senão, pira
a vida pinga, pinga, pinga
pinga na ampulheta

e no frigir
em cima nada,
embaixo o fim.

Tenho pena
das mulheres que riem com os braços
e choram de mentira para os homens.
E descobrem o seio antes do convite
e morrem no prazer... olhos fechados.
Hilda Hilst
(*Da poesia*, poema XI)

PARTE II

TRÊS
OUTRA
BONANÇA
METAMORFOSE

SAUDADE

TÁTIL

FADA TARDIA

INCOPÓREO

TRÊS

Corre por Minas o velho Chico
Chico escorre entre pernas todo mês
Chico de chalana vem me amar cá em Minas
suador de amor até às câimbras todo mês
no feriado de santo, santos nem um tanto
Chico veio duas 'vez'.

Chico se esqueceu da lua
era dor de dar nos nervos
sangrava lágrimas do coração
fiz alarde por besteira
quebrei prato fiz tempestade
o copo d'água meio vazio
a metade cheia foi a que explodiu.

Fui mais Chico lá na venda
comprar queijo e outros trem
Chico viu as pernas de Rita
a bicha as tem como ninguém
porque bosta foi que espiou Chico
pra coxas bunda que ausente Chico espio também

Corre por Minas o velho Chico
Chico trafega em águas para me ver
Chico não podia desperdiçar viagem
espera explosão cumprir passagem
me dá caramelos diz que me quer bem
na beira do rio águas correntes banham
corações se sujeitam sem Rita e os corpos se têm.

OUTRA

Viverei até anoitecer os passos que cessarão só
a ventania dos dias tombará meu grosso tronco
as raízes dos pés despregarão desapegarão abnegação
pé ante pé a alma levitará atrás do cortejo
assistindo à viagem de corpo para debaixo do chão

Não estranhe, posta a desventura, meu corpo dissonante
sonhei contigo sem culpa em tapetes lúdicos
urdiduras arco-íris, entrelaces que não há deuses que julguem

não sou casta nem de olhos de boca orelhas nem de mãos
embora me deite no silêncio do teu silêncio
esquecida brio e retidão

nua em mil esperas adormeço Camélia no chão ladrilho
tua e sem ti como a que É e não te tem
como o que não tem mais jeito a outra
delírios de dama dias de folga terno marinho agiota, vem ou não vem?
a ventania dos dias, redemoinho sem freio insanidade erosão.
(Lá em casa, mamãe rezinga: ah, essa menina...)

BONANÇA

Se fosse em ti o meu cansaço
se cansaço nos teus olhos se instalasse
se fossem nos teus
sobre as pálpebras tocaria meus lábios.

Aceitaria que estivesse triste
poderia me esquecer na sala de tricô
compreenderia tua incompreensão de pelos na pia
cúmplice, cotonetes suaves usaria para lustrar os vãos reclamados
[de não limpos

Deixaria que chorasse noites a fio sem insinuar dor maior que a tua
ou te infringir culpa por doer em luto a dor que te doi,
sem lembrar nem reivindicar masculinidades e testosteronas
na obscenidade de sugerir meu prazer para espantar tua dor

Não porque eu seja dessas, boa mulher por trás de homem, santa
é que ao olhar daqui você cochilar no sofá penso em quanto
meus lábios repousariam sobre a integridade que tu és
forjada com o motor de avião trocado no ar e esse dia a dia a querer
[nos indispor

METAMORFOSE

Nasce um conjunto unitário elemento sem cúmplice
cordas imbricadas num umbigo, faca que corta, arde
transpor o tango diário, compor sua história é arte.

Qual eu que te cabe?
riscas rubras biográficas tatuam atalhos numa intricada rede
vezes reais vezes imaginárias, vezes reconstroem é a solidão primária.

Delas compusesse qual eu qual isso?
entre a e z, nesse tempo,
Judas traíra, Pedro pedra ou Paulo convertido?

Veias engelhadas se rompem em ataque,
tardam, mas não falham e findam em morte.
entre o amanhecer e a aurora qual teu algo,

reviver depois de morrer, dessa farsa?
Metamorfose inglória.
se ao menos ao pó você voltasse:

reviveria semente,
para outra vida estrume,
mas não, 'the ghost'.

É 'male male', arte sacra:
"eu quero é ser feliz agora!"

Inspirada a partir de música de Oswaldo Monte Negro.

SAUDADE

Quando minhas sandálias passeiam
sem teus sapatos ao lado,
o som que escuto é o da falta
de teus saltos

Quando saíamos procurando
em que mesa depositaríamos nossas confidências,
eu e meus ouvidos fazíamo-nos homem
para bem te ouvir

Hoje não te tenho mais nem te posso chamar
sob camadas de argilas repousas
e não sei quais desejos guardaste
para nossa ressurreição

Caminho descalça por outras ruas
em matinês obscenas
que testemunham o quanto me arrependo
de não ter te comido

Antes tivessem sido ouvidos histéricos
que te ameaçassem de morte
e evitávamos aqueles casamentos
que você casou

Enquanto eu ouvi paciente
o que você contava paciente
a gente brincando de ser amigo
por medo de tamanho amor.

E a paixão de nossa amizade secular
atravessou dilúvios
aguardou um porvir
que à morte não sensibilizou.

Anoiteceste, era tão cedo.

Quando passo em frente

quando sento àquela mesa

quando caminho naquelas ruas
durante aquelas horas

quando o vidro do carro embaça
quando entro naquele estacionamento e olho para trás
minha mão dá tchau ao meu delírio

quando o conversível preto ficou no passado
mas a música no rádio lalari lalari lalari lalala lalala lalala...

Me pergunto por que não fomos um do outro
já que éramos um do outro

E no nosso abraço, amigo
Acontecia nosso amor

ninguém nunca tanto quanto.

TÁTIL

Não te atendo ao telefone
porque quero que venha e me toque
meu amor

Não te respondo ao WhatsApp
porque quero o que tem no seu abraço
minha amiga.

Aquela carta à moda antiga
que o Carlos do correio me trazia
vinha com teu perfume

E eu sabia
de tua tristeza ou alegria
no tremor da caligrafia.

Algum dia podia, ainda, chamar Carlos para entrar
ele bebia em minha casa água gelada
antes de prosseguir com seu eterno entregar,

Os lábios de Carlos na borda do copo
era o toque suave de gente
entre nossas distâncias, amor e amiga.

Não me exijam dessas tecnologias
não me enganem que a modernidade
é assim

É teu cheiro, são teus dedos pelos meus cabelos, meu amor
é você amiga, as gargalhadas ao vinho e talharim ao dente
que nos fazem exagerar em confidências.

Não me telefonem
não me mandem mensagens
tragam cachaça, mortadela e amendoim

Em casa
deitaremos na mesa as cartas sem blefes
sentaremos, quem sabe, na beirada da cama de mãos dadas.

Com meu amor
poderei fazer sexo
com minha amiga, conversar do sexo que fiz ou não fiz

Nem off line nem on line
nem borderline
explícito, mas como em entrelinhas.

FADA TARDIA

Não te contaram mas vou te contar
no fofo das nuvens não adormecem anjos
lá em cima se olha mais para cima e tem céu
e o céu que vês da terra é nuvem
as estrelas estão coladas nos teus olhos
e o céu é não ser coisa alguma

As nuvens se arrastam
a terra, ah, essa tonta, não bastasse, gira assim e depois assim:
besouro gigante em torno da luz.
As estrelas de tanto trotar caem

Não te disseram, mas vou te dizer
no fofo das nuvens não dormem deuses.
fui lá de avião e vi,
é silêncio e não mora nada.
Eu pressentia que sobre as nuvens
flutuava solitária a imensidão.

O voo de asas de aço me levou,
averiguo essas e outras:
não tem ouvidos no céu às tuas orações,
tanto de ferro tem num coração.

Não te disseram, mas foi melhor
veste véu, teu vestido de voar sem mais tardar
sopra fantasias, ventanias, solta minhas velas me inverte socorre
habita-te fada com condão em mim: plim plim plim!

INCORPÓREO

Luzes ladeiam
nos chãos das veias
desde tua pedra partida

Nas artérias pirilampos daltônicos
pulsam de noite
de dia

De longe
arremetarás na pista
sob minha pele

de tua morada o vento
para o que fostes
sem avisar

sou farol
ressuscita
tua morte à deriva

prometo que não vais
mais morrer
sem me levar

Ela sabia o que era desejo, embora não soubesse que sabia.
Era assim: ficava faminta, mas não de comida, era um gosto meio
doloroso que subia do baixo-ventre e arrepiava o bico
dos seios e os braços vazios sem abraço.

Clarice Lispector

(*A hora da estrela*)

PARTE III

DIA SANTO É O DE SOL
DO SONHO OU DA COVARDIA
REGRA
OITO DE MARÇO NOVA EDIÇÃO

CARITÓ
DE HANNAH A HEIDEGGER
LOCOMOTIVA NO DESERTO
O HOMEM NO MORRO DA GARÇA

DIA SANTO É O DE SOL

Meu desalento é roxo, não creio numa santa Quaresma
rouxinol assoviando triste canta o advento improvável
árvores com ninhos de ferro e pedra
sem bicos de Joãos para preparar os de vivo barro

Os lençóis nem balançam brancos: são mortalhas e velam
os cemitérios, inertes, sem os mistérios que alardam
são só isso: sob a terra ossos dispersos e fétida morte
perdoem-nos uns adeptos, nem vida eterna nem sorte.

Perdoe-nos dito crente, é descrença, mas é sensata
sua alegria lânguida, toda triste, falsa-santa, culpada
o claro de que tudo lhe é sombrio e escuro.
Felicidade? Também aqui e agora, de resto, soa espúrio.

Pois se há de haver amor, por que tanto se adia?
Pois se há de não haver dor
por que que as lágrimas vertem,
em alguns eternas e tão fartas?

Prosperidade meritocrática, quantos hipócritas
a pobreza traça cútis assanha cabelos e lhe faltam dentes
paraíso com mel seletivo, obscena oferta e falsa promessa
Ah... me entreguem a riqueza dos entes incrédulos

Oferecem margaridas coloridas ao cansaço
janelas abertas sem vidros e sem grades
lençóis brancos em quintais de portões baixos que ao vento esvoaçam
a fé na natureza que protege o gozo de gaiolas camufladas em
[ladainhas
Uns que creem, felizes supostos, a martelo e com cravos de aço
crivam na cruz as palmas de nossas e de suas próprias asas
e ao invés de verem lírios do campo no alçar voo de cada homem
[pássaro
espelham a Sodoma podre de suas tristes e vis almas.

DO SONHO OU DA COVARDIA

Olhos olheiras noite aflita
Debruço de branco na borda do poço
ausculto meu grito suicida seco.

Apuro os ouvidos,
ouço o grito que faz eco, ouçam:
eeeeeeeeeeros!

Escuto e me vejo.
Como olho e me vejo ao mesmo tempo
na lâmina d'água do fundo do poço e do lado de fora para o eu que
[grito?
Esquisito.

Me lembro no sonho que sonho e que revivo
reedito nossa conversa controversa estapafúrdia no beco
Enlouqueço.

Disseste-me em vigília:
"mesmo que eu te queira, eu não consigo".
Com tua covardia não posso, não sobrevivo.

Sigo, sobre o barro talvez abandone o avental branco
O poço vulcaniza e ecoa na acústica da noite meu grito:
S o c oooooooooo r r o!

Vou me embora não me lembro se com vestes ou nua, corro
Não tem eco agora este grito Munch mudo
Sou a louca que corre e a que se assiste.

Volto ao leito do poço,
deito indigente, durmo e sonho
no sonho mãos covardes me sufocando

Me falta o ar, vão ao extremo,
quase morro e sei, mas logo já não sei se é sonho ou morte
e em qual dos sonhos.

Acordo, acordo em dobro, em sobressalto
Vestida em meus cetins brancos
neste que é o beco de certo real deserto de tua covardia sem cura.

REGRA

Ovários gemem tristeza hormonal
(É tão feminina a dor)
Pai e mãe me largaram num cesto em alto mar,
homem algum me ama,
amigos dispersos sem compaixão
à minha dor...

Que sangrem vaginas,
cortes de giletes amoladas
escorra entre pernas, faça poça no chão
o sangue da regra.
Mas passe, mas passe
esse oco sem eco de amor
esse oco com eco louco...

Se no corpo rodam os ciclos da lua
(que romântico, oh!)
a cabeça treme, teme que trinque a roda numa regra dessas
e o sangue cesse sem cessar a dor
sem cessar a dor do nó de se sentir
a b s o l u t a m e n t e
só.

Meus ovários sangram
Sem pai, sem mãe, sem amigos, sem amor
solidão desmedida de tão dura rubra cor
(o que fica da regra antes da regra se instalou?)
mas passe, mas passe esse oco sem eco de amor

esse intermitente eco oco de tão feminina a dor.

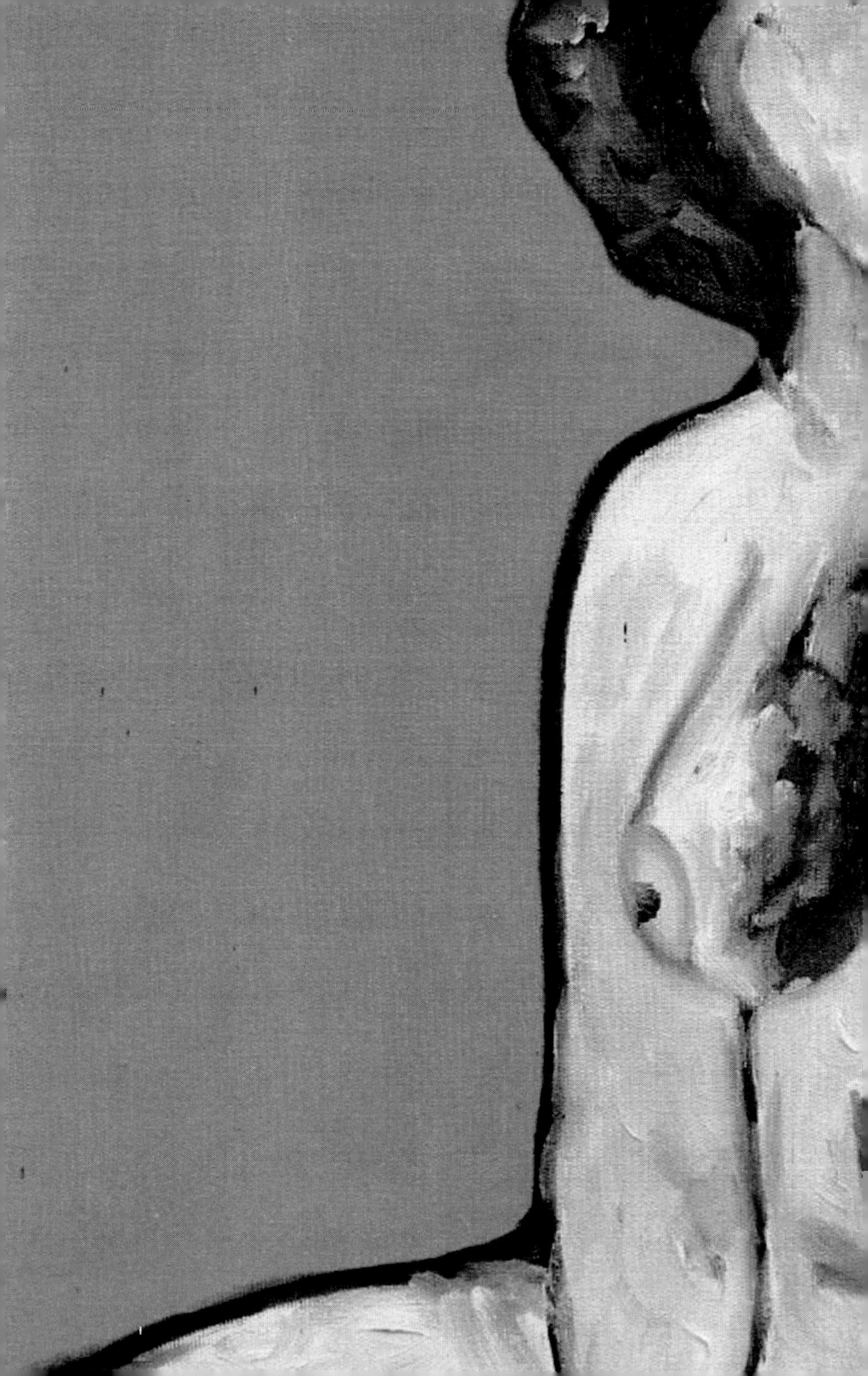

OITO DE MARÇO NOVA EDIÇÃO

Hoje ainda é dia das crias
sobre sobras de tetas flácidas

peitos disponíveis e mamáveis
pernas com varizes, vela há tempos em desgaste.

Hoje ainda não é o dia de cio, cabelos ao vento
bico de seio enrijecido e fragrâncias

camisola de um fino transparente
tempestade descarada e ventania.

Hoje ainda não é dia de mulher

É da mama do incesto, do peito da mãe
do traumático édipo,

De Nossa Senhora fadada a sacrifícios
e suores de puro e incondicional amor,

de panela no fogo, batata quente e tapete limpo
a preço pago a sal e ferro de quinhentas correntes.

Hoje ainda não é dia da vagina.

Hoje é segunda-feira em semana sem sábados nem sextas
dia de carne de vaca e reza de pesado andor.

Hoje é dia de hipócrita engano
que reparte em útil a mãe, inútil e fútil outra metade

se não a melhor das metades, a que completa a unidade
a que tanto e quanto faz parte:

lama, lírios e lágrimas forjam a dama com argila perfumada
ainda a pinta com tinta óleo e purpurina, pura arte.

Hoje ainda não é o dia Dela

Escondam o calendário do futuro
alerta sobre o dia que retira a tornozeleira

sobre o dia da vagina
sobre o dia do desejo.

Escondam o calendário do futuro antes que o queimem
que alerte sobre o dia da vagina
sobre o dia do desejo

Dormimos, entretanto, em tantos leitos estranhos
apesar dos que esperneiam e sem que nos percebam

Hoje ainda é dia de fingidos autoenganos
enquanto se corrói o passado às barbas do futuro que de cama em
[cama gestamos.

CARITÓ

Intricada nas Gonzagas
mulher avental
quer se casar

Leu Beauvoir, Pagu
na parede Tarsila, Frida Kahlo
em púlpitos não se cala.

Desabotoou seios a seis mãos
posou nua à contemporaneidade
abortou duas probabilidades.

Flerta com multidões
em coletivos embrenhada
poucas panelas, muito labor.

(Em dias tristes, dedos rudes em riste
sargenta infantil da puta que a pariu
e de madalenas alforriadas.)

Cabelo roxo, rasteirinha
violão piercing tatuagem
maconha viagens quanta bagagem.

Coito, corta costura cozinha
sapos pulhas pulam pululam
interessados.

Ah, se a solidão espreita
Atrai à pia umbigo penico – (psiu!)
umbigo molhado.

O casamento religioso, pasmem,
do sapo mais a mulher libertária,
o pároco marcou para o mês da noiva
para o mês de maio

(na trincheira, armadilha
príncipes opacos reiteram
invisível insalubridade).

Mulher avental
quer se casar: 'case'
noves fora, kamikaze.

DE HANNAH A HEIDEGGER

Meu corpo comerá o teu
com as lágrimas que chorei
calos de pedras em que pisei
saudade, tanta saudade despedida
que não terá jeito beijo de novo
porque aquele meu amigo morreu.

Meu corpo que comerá o teu
será todo lábios e olhos e filosofias
e depois de cansados e suados
do frenesi e da ejaculação
o amor de amar não se desmanchará nos lençóis
nunca se desmancha.

Meu corpo que comerá o teu
guardará seivas em neve que se enrolarão em avalanche
aval de ser teu saboroso lanche.
corpos que se consomem
não como quem trepa
mas como que se transpassam
e untados permanecem.

Meu corpo comerá o teu
folha por folha, campo a campo
e a ampulheta antidoméstica a medir intermitente
o tempo que pinga, pinga, pinga (respinga)
mas, infinito, não passa, não me passa com graça
mas meu corpo perdurará aos Teus

Meu corpo devorará o teu
antes o teu corpo devorou o meu
numa trama transa trança de vínea, viga e vigor
dor embolada em Rosas rosas e brancas.
Findará suave alegria de estar fielmente cansada,
cansado corpo filosófico, hóstia poética
que para a comer o homem em comunhão sua língua estirou.

LOCOMOTIVA NO DESERTO

A Arnaldo Dominguez

Aterrissou o analista
na locomotiva amarela
pela janela escuta
ruídos de há milhões
de infâncias.

Quais frearam o gigante de aço?
De sua velhice dourada
ecoam cânticos
de chegadas e partidas.

Boatos dão conta
que fora largado
quando ainda dava
pro gasto,

Este touro enferrujado
fora chifrado e cagado
pela má política.

Se estagnou suas janelas
aos olhos de pessoas alhures
prezava era a pressa
de encontros nos trilhos
seu preferido delírio.

São viandantes
analista e locomotiva.
E se o gigante parou
ao menos lhe deem
esses dias de encontro
na sofreguidão do registro turista
segue em foto por errantes partidas.

O HOMEM NO MORRO DA GARÇA

A Ruy Proença

Plumas de garças brancas
se soltaram e
planam

Rentes à pele verde do morro
as plumas
planam

As garças regressam
feito alma andeja
leve

No homem feito
a alma de menino
volta

e acha no Morro
graça nas garças
que voam

Com olhar esgarçado
aguardou a revoada
lá do cemitério

Cúmulo dos cúmulos
cemitério no cume
oferece muros à cena

o apagar do sol
de campo estéril
se pode ver.

Repare!
Você sentou nos muros
que emolduram a morte

como se nada do fim
daquelas cruzes fincadas
supusesse

Com lentes e perspectivas
medindo luz e velocidade
mirava

De um lado,
a brisa branca
do bater de asas

(o regresso das garças
no olhar
de infância?)

Do outro
uma cor alaranjada se mistura
ao azul e branco

(é o sol que dorme
ou o ingresso da aurora
naquele homem?)

E da finitude ali no cume
embaixo dos olhos
em muros que cercam túmulos?

Do sol alto de sua aurora
desaforando a morte amiúde
nem se lembrou.

Nesses olhos
as plumas
planam...

O que sinto
não é felicidade,
é desprezo
pela tristeza

Sérgio Vaz

{*Flores de alvenaria*, Canto das negras lágrimas)

PARTE

IV

ARTESÃ DE MIM

ESPERA

VOTOS

PAR IMPERFEITO
DO LAR
EU

ARTESÃ DE MIM

Dei forma à solidão,
guardei lágrimas em bacia de vidro
e enxaguei a vida:

domingos de casados sem ti
sexo sem honestidade
sessões de cinema em tardes de terças
leitura de narrativas que se leem para chorar
passeio que se vai só, mas que se queria rodeado.

Do avesso dessa diária costura
entrelacei com purpurina a solidão.

Ausências são ausências não desarrimo.
Aprendi a compreender todo dia e tua falta
não é a morte nem minha culpa.
Nem serei pequena nem perversa em revide,
Serei feliz.

Não exigirei servidão à minha solidão,
não algemarei tua liberdade ao meu arbítrio,
a solidão não carece de cura.
Nem atinarás se sou grande ou pequena.

Na solidão de tua festa sem mim,
me deitarei só (sabendo que cantas)
não como quem sofre como quem entende
que tuas festas sem mim orquestram tua solidão,
não a minha.

O afeto meigo de minha cabeça no teu peito e sobre teu braço
para mim a vida,
para ti cansaço

A minha solidão é dourada e livre,
como artesã de mim
dei a ela essa forma
e ainda guardo lágrimas em bacia de vidro.

ESPERA

Triste
roseira no outono
Ipê nu
quase morta

A primavera
move mundo
ela é certa
volta.
Minha tristeza
Trem errante,
segue o outono alhures
onde folhas secam.

Alegria,
alegria,
alegria mesmo,
sem estardalhaço?
Encaixotar-me conchinha,
em invernos,
dentro do verão
do teu abraço!

Enquanto teus pés
não
es
cor
re
rem
em meu pátio

Espero
cega,
trôpega
sem prumo
sem tono
triste,
rima deserto

C
a
T
a
C L
IS
M
O

de outono

VOTOS

Eu quero não
não me casar com você todos os dias de minha vida
dar-lhe beijos de para sempre
sempre em canteiros de paralelepípedos.

Eu quero não
não me casar com você todos os dias de minha vida
Nem não
não ir em casa de alianças que nos enfiem anéis que nos embaracem

Entraremos e sairemos
sairemos de muitos sítios sem constrangidos olá e tchau
sem encontros nem despedidas
despedidas pirogravadas a ferro de angústia.

Alguém com quem não
não se case para sempre esse sujeito e não
não somos um
anda ao lado e roça no meu o seu braço nu com arrepios.

E num lampejo, se você se deitar com douta mulher, pergunta a ela se não
não importa
mas que não
não podes evitar a preponderância de minha ausência presente

Explica-lhe que somos livres e solteiros e unidos sem ser um
um para sempre
e que sexo não requer
requer requerimento.
E quando você voltar sem que tenha saído estarei
estarei mesmo que eu não esteja
e você encontrará a desobrigação alegre de me amar para sempre
[como eu
eu te amo.

PAR IMPERFEITO

No catálogo de gente
No catálogo eletrônico de gente
Folheio perfis
Produto: persona
Leio a bula

Fuma, não bebe
Bebe, não lambe
Não fuma nem bebe
Assiste, não come
Come quieto, não diz
Pessoas refis.

Curte, cutuca, comenta.
Pisca, espia,
Quando se prova?

Sei lá.

"Que peitos sadios
Que pés, que cabelos
Que bunda que colo!"

Viagens, então, quantas:
Torre Eiffel, Pirâmides
Mickey Mouse, Cruzeiros Múmias e navios...

No catálogo de gente
Gente eletrônica em rede
O globo em mega transe
Transnacionais romances.
Nebulosas nuances.

A transa pela web
O gozo pra câmera
A mente de quatro
O corpo que geme
Pro ente ausente

A transa, a câmera
De quatro, que geme
A cópia em mega bytes do gozo
a fraude, a trama, o drama
A lama?

Sei lá.

A crença de quem
Ama.

E o encontro?

O vácuo
deste contato sem tato
mói.

Esse não existir
Só digital elixir,
Dói.

E o encontro?
....
Cutuca
....
Pisca
....
....
Curte
....
....
....

Some.

Lá no recanto do avesso da imagem, pergunta a alma insone:
Por que me deletaste?

Sei lá.

Perfil alterado
Procura-se não mais:
Lotado.

DO LAR

Odeio vestir meia fina
Veste fácil feito seda
Se me levito fetiche

Adoro tecnologia
Pênis duro vem sem homem
Pano descartável para limpar fogão

Quando a poeira tresnoita
na tábua da mesa
é trégua.

EU

Invadiu-me pretensão: sou poeta.
Pouco Hilst sem a terra do sol, a da garoa;
Pouco Clarice, não a que fez, mas a própria Macabéa.
Pitada de Adélia Prado, mas a que seria excomungada.
Lascas grossas de Sérgio Vaz com nossos pés de Abaporu.

POSFÁCIO

É Menina!, livro de estreia da poeta Hilvânia de Carvalho, surpreende e desafia o leitor a todo momento. A forte personalidade da autora e o caráter maduro da sua poesia são traços admiráveis em publicações inaugurais, revelando convivência íntima e prolongada com a linguagem. É um livro que provoca pela exploração das potencialidades da língua, pela capacidade de dar forma ao pensamento, cuja crescente ambiguidade expõe a contradição inerente à condição expressiva do gênero feminino na modelagem poética. Os oximoros frequentes enquadram o seu temperamento poético, vistos em Mutante "de vivo cimento mutante", em Do sonho ou da covardia "Não tem eco agora este grito Munch mudo" e "Sou a louca que corre e a que se assiste" e em Poeta, espécie de libelo, identificação expressiva e meditação sobre o sentido do ofício "é menina/que se esboça canoa de ferro poema/para o peso plumar".

Os versos de Hilvânia de Carvalho repercutem o som doloroso do grito primal, apreendido no momento inaugural da vida e que já é presságio da morte, como em Metamorfose – "cordas imbricadas num umbigo, faca que corta, arde" – e em Ampulheta "a vida pinga, pinga, pinga/pinga na ampulheta.../E no frigir,/em cima nada embaixo o fim..."

O título É Menina! alude alegoricamente tanto à exclamação decepcionada dos pais no momento do nascimento de uma filha, que já nasce sob o signo do desencanto, quanto da afirmação da própria poeta que emerge embebida nessa solidão feminina de raiz. Sentimento que Hilvânia prenuncia e anuncia, conforma e planta na sua poética. Nela, o percurso das mulheres segue um destino de sufocante aprisionamento, rompido e denunciado nas poesias de abertura Escrever e Artesã de mim, quando grava:

Escrever
é cerzir sintomas em papel couchê
Desobstruir o inenarrável,
Estampar narrativas em caixa alta
Dedilhar teares com palavras de espera
Bordando incontida o que nos contêm...
Escrever é adiar eloquente o enlouquecer.

Dei forma à solidão,
Guardei lágrimas em bacia de vidro
E enxaguei a vida

Em Metamorfose, quando indaga:

Qual eu que te cabe?
Riscas rubras biográficas tatuam atalhos numa intricada rede
Vezes real vezes imaginária, vezes reconstroem é a solidão primária".

Poeta que persegue as múltiplas faces da vivência do gênero na sociedade contemporânea, tecida no enredo das ciladas armadas por elas e para elas, Hilvânia de Carvalho perscruta a angústia das muitas mulheres jovens, maduras e que envelhecem, seus sonhos e perguntas, suas desilusões e impasses, em busca de saídas forjadas nas fímbrias da vida possível. Ainda na poesia Escrever, medita:

Escrever
É pinçar fino riscos de riso intruso
Sobre as lágrimas do abuso.

Em Do sonho ou da covardia:

Sigo, sobre o barro talvez abandone o avental branco
O poço vulcaniza e ecoa na acústica da noite meu grito:
S o c oooooooooo r r o!

O grito emitido fica confinado no eco de um poço, reverberação quase inaudível, semelhante ao som aprisionado na garganta como na tela de Munch. A solidão feminina está representada no próprio organismo da mulher, como se vê em Regra:

Ovários gemem tristeza hormonal
(É tão feminina a dor)
Pai e mãe me largaram num cesto em alto mar,
homem algum me ama,
amigos dispersos sem compaixão
à minha dor...

Que sangrem vaginas,
Cortes de giletes amoladas
escorra entre pernas, faça poça no chão
o sangue da regra.
Mas passe, mas passe esse oco sem eco de amor
esse oco com eco louco...
....
Meus ovários sangram
Sem pai, sem mãe, sem amigos, sem amor
solidão desmedida de tão dura rubra cor
....
esse intermitente eco oco de tão feminina dor.

É Menina! é obra apurada na modelagem das circunstâncias do feminino, retratada de modo sufocado e estridente, compassivo e rebelde, resistente ao confinamento. O erotismo, outro vetor da poética de Hilvânia, realça os momentos dos desencontros amorosos, das ligações instáveis que, aliás, dão a tônica das relações entre os parceiros. Apesar disso, a poética erótica de Hilvânia não se constrói em solo movediço. Contrariamente, a autora deita as suas raízes na vivência de mulheres contemporâneas, sobretudo daquelas profissionais dos grandes centros urbanos, conhecedoras das variadas possibilidades eróticas ofertadas pela tecnologia. O mercado dos artefatos à disposição lhes oferece satisfação puramente transitória, pois se mescla à solidão ancestral do gênero, aprofunda os desenganos, resulta em desesperança e vazio existencial, como se vê no voyeurismo de Par Imperfeito:

No catálogo de gente
No catálogo eletrônico de gente
Folheio perfis
Produto: persona
Leio a bula
Fuma não bebe
Bebe, não lambe
Não fuma nem bebe
Assiste não come
Como quieto, não diz
Pessoas, refis

....

No catálogo de gente

Gente eletrônica em rede

O globo em mega transe

Transnacionais romances.

....

A transa pela web

O gozo pra câmera

....

A transa, a câmera

De quatro, que geme

A cópia em megabytes do gozo

A fraude, a trama, o drama

A lama?

....

O vácuo

Deste contato sem tato mói.

....

Perfil alterado

Procura-se não mais:

Lotado.

Em Revolução, os encontros fortuitos reproduzem a imensa incomunicabilidade entre as pessoas, seres anônimos enredados numa história banal, mas que se impõe de modo vigoroso. Os versos diretos, quase descritivos, dão forma a esses contatos desencarnados:

Geleia embaixo do braço

Peitos abaixo da honra

Tenras unhas, cabelo de milho

Atravessou rainha a soleira,

Alcançou pelo braço a encomenda

(belo moreno) – Ordenou que calasse:

....

Desempacotou-se como o anúncio

....

Não cogitou, I'm many years old',
Ou 'how much money is it'
Gozou como se goza de graça.

Como se vê, É Menina! é escrita de fina artesania, pois alia sensibilidade de gênero e força expressiva. Hilvânia de Carvalho revela, enfim, talento do porte das mais prestigiosas poetas brasileiras, afirmando, de fato, ser "...ventania dos dias, redemoinho sem freios, erosão".

Maria Arminda do Nascimento Arruda

Maria Arminda do Nascimento Arruda é uma socióloga brasileira. Suas pesquisas concentram-se na Sociologia da Cultura, abrangendo temas relacionados com a produção intelectual, artística, literária e da comunicação de massa. É, desde 2016, diretora da Faculdade de Filosofia, Letras e Ciências Humanas da Universidade de São Paulo.

AGRADECIMENTOS

Obrigada a meu filho, Caio Cícero, por existir.

Agradeço a Hilton José, irmão querido, algumas vezes pai, menino sobrevivente, bendito fruto entre quatro meninas que não vieram pra brincadeira.

Obrigada,Samora Délcio, artista mineiro, por apaixonado incentivo e pela concessão da imagem de seu quadro "A mulher nua " utilizada na capa.

Obrigada a Vilma Viana pela leitura dos poemas, incentivo amigo e pela concessão das fotos do quadro utilizado na capa.

Obrigada ao professor Alexandre Hasegawa pela primeira revisão dos originais com dicas que foram bem-vindas.